こんにちはといってごらん

マージョリー・W・シャーマット　作
リリアン・ホーバン　絵
さがの　やよい　訳

童話館出版

子どもの文学●緑の原っぱシリーズ・6

ねずみの女《おんな》の子《こ》・バネッサは、
おとうさんと　おかあさんといっしょに、
三《さん》がいだての、古《ふる》くて　おもむきのある家《いえ》に　すんでいます。
バネッサのおかあさんには、友《とも》だちが　たくさんいます。

おかあさんの友《とも》だちが　たずねてくると、
バネッサは、ソファーの下《した》に　かくれます。
そして、そっと　みています。
「みなさんに、こんにちは　は？ バネッサ」と、
おかあさんがいっても、
バネッサは、「こんにちは」が　いえません。

おとうさんの友《とも》だちが　たずねてきても、バネッサは、部屋《へや》のすみの　いすにすわって、うつむいたままです。

「みなさんに、いらっしゃいませ　は？　バネッサ」と、おとうさんがいっても、バネッサは、顔《かお》があげられません。

バネッサの友《とも》だちが、たずねてくることは　ありません。なぜって、バネッサには、友《とも》だちが　ひとりもいないからです。

「お友《とも》だちが、ひとりもいないのはねえ」と、
おかあさんが、しんぱいそうに　いいました。
「たまに　あそびにきてくれる　お友《とも》だちもいないし、
日曜日《にちようび》ごとに　あそびにきてくれる　お友《とも》だちもいないし、
雨《あめ》の日《ひ》に　窓辺《まどべ》にすわって、パンをかじる　お友《とも》だちも、
いないんだものね。だあれもね」
「友《とも》だちをつくるなんて、きっと、世界《せかい》でいちばん
おっかないことだわ」と、バネッサはいいました。

「そうね。さいしょは、すこし
おっかないかもしれないわね。
でも、一《いち》ど、ためしてみたら
どうかしら?」

バネッサは、学校《がっこう》へいきました。
バネッサの席《せき》は、おおじかのクウィンシーの　うしろです。
「この席《せき》って　いごこちがいいわ。クウィンシーの
おおきなつのの　かげになっていて」と、バネッサはおもいました。

ミッチェル先生《せんせい》が、教室《きょうしつ》をみわたしながら、いいました。

「今日《きょう》は、ひらがなのべんきょうの　つづきです」

先生《せんせい》は、ツチブタのアンドリューに　目《め》をとめました。

「アンドリュー。黒板《こくばん》に『教室《きょうしつ》』と　ひらがなで書《か》いてごらん」

アンドリューは、『きょーしつ』と、書《か》きました。

「おやおや。ちょっと　ちがうようだよ。アンドリュー」と、
ミッチェル先生《せんせい》がいいました。

DUNCE

ミッチェル先生《せんせい》は、アナグマのクレイグに　目《め》をむけました。

「クレイグ。『教室《きょうしつ》』と　ひらがなで書《か》けるかね」

クレイグは、『きょうしつ』と、書《か》きました。

「おやおや。ちょっと　ちがうようだね。クレイグ」と、
ミッチェル先生《せんせい》がいいました。

「だれか、『教室《きょうしつ》』を、ひらがなで書《か》ける人《ひと》は　いませんか？」

バネッサは、手《て》をあげようとしました。

「わたし、書《か》けるわ。わたし、書《か》ける」

バネッサは、心《こころ》のなかでいいました。

でも、バネッサは、手《て》をおろしました。
「けれど、わたし、黒板《こくばん》までいけない。
みんなが、わたしのこと、
じっと　みるにきまっているもの。
わたしの　とがった前歯《まえば》とか。
わたしの　毛《け》でふさふさの顔《かお》とかをね。
手《て》をあげるのは、やっぱり、
あしたにしよう」

放課後《ほうかご》になると、だれもがあつまって、
おしゃべりをしたり、あそびの相談《そうだん》をしています。
バネッサだけは、ちがいます。
バネッサは、ひとりぼっちです。
「おしゃべり友《とも》だち、あそび友《とも》だち。
いいなあ、おしゃべり友《とも》だち、あそび友《とも》だち」
バネッサは、さびしいと、おもいました。

「みんなには、だれしも　友《とも》だちがいる。
わたしには、だれも　友《とも》だちがいない」

バネッサが、学校《がっこう》から帰《かえ》ると、おかあさんがたずねました。
「おかえり、バネッサ。今日《きょう》、お友《とも》だちできた？」
「できないわ」と、バネッサ。
そして、おしゃべり友《とも》だちのこと、あそび友《とも》だちのことを、はなしました。

「おまえの　さびしい気持《きも》ちは、よくわかるわ。バネッサ」と、
おかあさんが、なぐさめました。
「でもね。まわりを　よく　みてごらん。きっと、だれか、
ひとりぼっちの子《こ》が　いるとおもうわ。そしたら、
その子《こ》にちかづいて、こんにちは　といってみるのよ」
「わたし、いってみるわ」バネッサはいいました。

つぎの日《ひ》。朝《あさ》のじゅぎょうで、ミッチェル先生《せんせい》がたずねました。
「『教室《きょうしつ》』と、ひらがなで書《か》けるように
べんきょうしてきた人《ひと》は、いるかな?」
みんなは、教室《きょうしつ》じゅうを　みまわしました。
「こんなチャンスは、二《に》どと　ないかもしれないわ」と、
バネッサはあせりました。
バネッサは、手《て》をあげようとしました。
けれど、手《て》をおろしました。
「やっぱり、あしたにしよう」

放課後《ほうかご》。
バネッサは、
やぎのリサが
かべによりかかって、
ひとりぼっちでいるのを
みつけました。

バネッサは、おずおずと、リサに　ちかづいていきました。

そして、つぶやくような声《こえ》で　いいました。

「こんにちは」

「え、なに？」と、リサがたずねました。

「こんにちは」

バネッサは、ささやくような声《こえ》で　いいました。

「だから、なに？」と、リサはききかえしました。

こんにちは

バネッサは、とぼとぼと　あゆみさりました。

バネッサは、おかあさんのまつ家《いえ》へ、はしって帰《かえ》りました。

「わたし、こんにちは といったわ。でも、友《とも》だちをつくれなかった」

バネッサは、息《いき》をきらして いいました。

「こんにちは というと、たいてい うまく いくものなんだけれどねえ」と、おかあさんがいいました。

「わたしがいっても、うまく いかないわ」と、バネッサ。

「わたし、やぎのリサのところへ いって、ていねいに、こんにちは と、ちょうど こんなふうに、いったの。けれど、リサは、『え、なに?』『だから、なに?』と、いうだけなの」

「あす、もう一《いち》ど、だれかに、こんにちは といってみたらどう?」

おかあさんがすすめました。

「そのときは、もっと　おおきな声《こえ》のこんにちは　が、よくはないかしら」

「そうね。そうしてみるわ」

バネッサはいいました。

つぎの日《ひ》、バネッサは、はやくに　学校《がっこう》へいきました。

ミッチェル先生《せんせい》がたずねました。

「さて、今日《きょう》は、だれか　書《か》けるかな。きみたちの　にぎやかな『教室《きょうしつ》』を」

「ぼく、書《か》けまーす！」

ツチブタのアンドリューが、まってましたとばかりに　手《て》をあげました。

「ぼくも、書《か》けまーす！」

アナグマのクレイグが、負《ま》けじとばかりに　手《て》をあげました。

アンドリューが、黒板《こくばん》に、『きょうしつ』と、書《か》きました。

「わたしだって　書《か》けたのに！」

バネッサは、ざんねんがりました。

「でも、いいわ。
今日《きょう》のじゅぎょうが、
みんな　おわったわけでは
ないんですもの」

バネッサは、ひとりぼっちの子《こ》をさがして、
学校《がっこう》のろうかを、いったりきたりしました。
とうとう、バネッサは、ヒキガエルのシグモントが、
筆箱《ふでばこ》のなかを　のぞきこんでいるのを、みつけました。
バネッサは、息《いき》をととのえながら　シグモントにちかづくと、
「こんにちはっ！」と、
おおきな声《こえ》で　いいました。
まあ、シグモントの、びっくりしたこと！
シグモントは、筆箱《ふでばこ》をとりおとしてしまいました。

こんにちはっ！

「こんにちはっ！」
バネッサは、もう一《いち》ど、おおきな声《こえ》で　いいました。
シグモントは、両手《りょうて》で　耳《みみ》をふさぐと、
ぴょん　ぴょん
とんでいってしまいました。

こんにちはっ!

その夜《よる》、バネッサは、おかあさんに、
今日《きょう》の　あたらしい　いいかたの
『こんにちは』のことを、はなしました。
「それだったら」と、おかあさんがいいました。
「ちゅうくらいの声《こえ》で、こんにちは　といえば、
きっと　うまくいくとおもうわよ」
「わたし、もう　どんないいかたの　こんにちはも、いうのは　いや」
バネッサは、くちびるをかみました。

つぎの日《ひ》。バネッサの心《こころ》は、かたく　きまっていました。

「わたし、今日《きょう》は、けっして　なにもいわないわ。

ぜったいに　なにもいうものですか！」

バネッサは、いつものように、クウィンシーのうしろの席《せき》に　すわりました。

「では、今日《きょう》は、あたらしい言葉《ことば》を　べんきょうしよう。

きのうより、ちょっと　むずかしいよ」と、ミッチェル先生《せんせい》がいいました。


「『入学式《にゅうがくしき》』と、ひらがなで書《か》ける人《ひと》は、いるかな？」

「やったあ！」バネッサはよろこびました。

「わたし、書《か》ける！　わたし、その言葉《ことば》しってる！」

ミッチェル先生《せんせい》は、教室《きょうしつ》じゅうを、みわたしました。

アンドリューは、席《せき》で　もじもじしています。

クレイグは、耳《みみ》をひっぱっています。

バネッサは、ほほがほてって、胸《むね》がたかなってきました。

バネッサは、じぶんに いいました。
「『入学式《にゅうがくしき》』という言葉《ことば》をおぼえて、
書《か》けるようになるのは、
とっても むずかしいの。
でも、わたし、書《か》けるわ！」
バネッサは、手《て》をあげました。
もっと たかく 手《て》をあげました。
それに、てのひらを、ひらひら させました。
それから、手《て》を 右《みぎ》に左《ひだり》に ふりました。
「わたし、『入学式《にゅうがくしき》』書《か》けます！
わたし、『入学式《にゅうがくしき》』書《か》けるんです！」

バネッサは、黒板《こくばん》に、『にゅうがくしき』と、書《か》きました。

「きれいに書《か》けたね、バネッサ。きみたちの折《お》り目《め》ただしかった　入学式《にゅうがくしき》を、おもいだすようだよ」と、ミッチェル先生《せんせい》が、ほめてくれました。

教室《きょうしつ》のみんなが、バネッサをみています。

けれど、バネッサは、気《き》になりませんでした。

ほんとうをいえば、バネッサは、ちょっといいきぶんだったのです。

じゅぎょうがおわって、バネッサが、帰《かえ》りじたくをしていると、
クウィンシーが、ふりむいて　いいました。
「ぼくも、『入学式《にゅうがくしき》』って　どう書《か》くのか、しっていたらよかったなあ。
それに、ぼく、『おおじか』って　どう書《か》くのか、しりたいなあ」
「『おおじか』と書《か》くのは、そんなに　むずかしくないわよ」
バネッサがいいました。
「ほらね、こう書《か》くの。そしてね、『おおじか』の　『じ』　はね、
わたしの　ねずみの　『す』　に点々《てんてん》をうつように、
『し』　に点々《てんてん》をうつのよ」

バネッサと、
クウィンシーは、
いっしょに
教室《きょうしつ》をでました。

バネッサとクウィンシーは、ベンチにすわって、『ねずみ』と『おおじか』の書《か》きかたの　はなしをしました。

「とっても、おもしろいね」

クウィンシーがいいました。

「また、こんな　はなしがしたいな」

「それじゃ、わたしのうちに、くる？」

「うん、いきたいな」

クウィンシーがいいました。

バネッサとクウィンシーは、バネッサの家《いえ》へむかいました。

『きょうしつ』って
じょうずだったわ。
ミッチエル
せんせい
さようなら。
こんど　いっしょに
ひなたぼっこしても
いいかしら？
黒板《こくばん》に書《か》けずに
ざんねんだったわね。

ふたりは、ミッチェル先生《せんせい》を　おいこしました。
「さようなら。ミッチェル先生《せんせい》」バネッサは、はずむようにいいました。
ふたりは、ツチブタのアンドリューを　おいこしました。
「また、あしたね。アンドリュー」バネッサは、うきうきといいました。
ふたりは、アナグマのクレイグを　おいこしました。
「おさきに。クレイグ」バネッサは、きげんよくいいました。
ふたりは、やぎのリサを　おいこしました。
「こんにちは。リサ」
バネッサは、ちゅうくらいの声《こえ》で　いいました。
ふたりは、ヒキガエルのシグモントを　おいこしました。
「おどろかせて　わるかったわね。シグモント」
バネッサは、れいぎただしく　いいました。

バネッサは、家《いえ》につくと、
おかあさんのところへ　はしりこんでいきました。
「おかあさん！　おかあさん！　友《とも》だちがきてくれたわ！」
「ぼく、おおじかのクウィンシーです。ひらがなで、
く・う・ぃ・ん・し・ー　と書《か》くんです」と、
クウィンシーは、じぶんのてのひらに　書《か》きました。
「あなたは　おかあさんねずみですね。ひらがなで、
ねずみは、ね・ず・み　と書《か》くんです」と、
クウィンシーは、じぶんのてのひらに　書《か》きました。
「そして、あなたは、バネッサの　お友《とも》だちというわけですね」と、
バネッサのおかあさんが、いいました。

「そうです。ぼくは、バネッサの友《とも》だちです」と、クウィンシーはいいました。

「友《とも》だちって、すてきだわ」
バネッサが、しみじみといいました。
「とりわけ、毎日《まいにち》のように、
だんろのそばにすわって、
おしゃべりをする友《とも》だちはね」

作者紹介

●

マージョリー・ワインマン・シャーマット（Marjorie Weinman Sharmat）（作）

1928年、アメリカ・メイン州ポートランドに生まれる。ウェストブルック大学卒業。絵本や童話、青年向けの小説など、数多くの作品を手がけている。二人の息子の母親でもある。他に、『きえた犬のえ』『だいじなはこをとりかえせ』（ともに大日本図書）、また、リリアン・ホーバンとの作品『ベントリー・ビーバーのものがたり』（のら書店）などがある。

リリアン・ホーバン（Lillian Hoban）（絵）

1925 年、アメリカ・ペンシルバニア州フィラデルフィアに生まれる。美術学校で絵を学んだあとは、モダンダンスの教師をしていた。その後、夫であるラッセル・ホーバンの物語りに挿し絵をつけるようになり、『親子ネズミの冒険』（評論社）、『フランシスのいえで』（好学社）など、コンビで多くの作品をつくっている。

子どもの文学●緑の原っぱシリーズ・6

こんにちは といってごらん

作／マージョリー・W・シャーマット
絵／リリアン・ホーバン
訳／さがの　やよい

2012年2月20日　第1刷発行
2023年2月20日　第12刷発行
発行者　川端　翔
発行所　童話館出版
長崎市中町5番21号（〒850-0055）
TEL095(828)0654　FAX095(828)0686
印刷・製本　大村印刷株式会社
ISBN978-4-88750-224-6　48p 21.5×18.5cm
NDC933　https://douwakan.co.jp

※この作品は、『こんにちは、バネッサ』の題名で、岩崎書店より1984年に刊行されたものを、翻訳を新たにして出版したものです。